Marlon Baker

Death by

Chocolate

Der süße Tod

Jetzt kommt die Zeit, in der wir wieder Unmengen an Schokolade essen werden. Doch habt ihr euch schon mal gefragt, ob Schokolade töten kann? In Marlon Bakers Kurzgeschichte »Death by Chocolate« wird dieser Frage auf den Grund gegangen! Neben dieser *tödlich süßen Versuchung* stellt er euch die köstlichsten Rezepte für Schokoladen-Kuchen aus aller Welt vor: **Death by Chocolate!**

Außer Marlon Bakers brandneuer Kurzgeschichte sind in Death by Chocolate enthalten: **Dem Zauber & Geheimnis von Hermann auf der Spur:** Wenn kennt ihn nicht, den Kult-Kuchen aus den 1980er Jahren, der hier eine Wiederbelebung sondergleichen erfährt. Marlon Baker berichtet nicht nur von der Entstehungsgeschichte Hermanns, sondern gibt zudem viel Wissenswertes und geheime Details preis! Allein schon das macht **Death by Chocolate** zur Pflichtlektüre für alle Kuchenliebhaber.

Doch **Marlon Bakers Death by Chocolate** hält noch mehr für seine Leser bereit: In dem **DNL-E-Book** Death by Chocolate kann sich der Leser ein kostenloses DNL-Backbuch aktivieren, dass sich mit 7 Doppelseiten frei editieren lässt. Das Video auf YouTube.com/booxfair gibt Aufschluss darüber, was da im Geheimen liegt in dieser neuen Veröffentlichung, die es ab sofort auch als DNL-E-Book (zum Download) gibt!

Bei **Books on Demand** sind von Marlon Baker folgende Bücher erhältlich:

Fiakers Blut – Wien Krimi

Mysteria Lane – Phantastische Kurzgeschichten

MAHLZEIT! – Glovers Pizza Emporium

Death by Chocolate – Kurzgeschichte & Rezepte

Autorenzirkel – Neuseeland-Krimi (ab Januar 2012)

Marlon Bakers

Death by Chocolate

Der süße Tod

www.iBoox.eu

Bibliografische Information der Deutschen Nationalbibliothek:
Die Deutsche Nationalbibliothek verzeichnet diese Publikation in der Deutschen Nationalbibliografie; detaillierte Daten sind im Internet über
›http://dnb.d-nb.de‹ abrufbar.

Die Originalausgabe erschien Dezember 2011
bei iBoox Publishing Europe [als DNL-E-Book]
www.iBoox.eu

© 2011 iBoox Publishing Europe
Publishing Rights © 2011 Marlon Baker
Redaktionelle Mitarbeit: Elke Geyer,
veröffentlicht auf www.Suite101.de
Buchsatz & Cover: iBoox Publishing Europe
Lektorat: Richard Allenberry für www.boox.co.nz
Cover-Illustration: © iAkmal
Herstellung und Verlag:
Books on Demand GmbH, Norderstedt
ISBN 978-3-8448-1141-4
Printed in Germany. Alle Rechte vorbehalten.

Es wird serviert:

Besuchen Sie Marlon Baker in seiner Mysteria Lane in Christchurch, Neuseeland. Mehr dazu erfahren Sie auf der letzten Buchseite oder unter:

www.MarlonBaker.com

FÜR ALLE SCHLECKERMÄULER DIESER WELT!

Death by Chocolate
Kurzgeschichte

Justin Beaty war ein ganz gewöhnlicher Junge, der eine ganz gewöhnliche Schule besuchte und eher durchschnittliche Leistungen vorzuweisen hatte. Er hatte die gleichen gewöhnlichen Hobbys und Interessen, wie seine Mitschüler – und doch war dieser Junge außergewöhnlich!

Justin wog für seine 12 Jahre nicht sonderlich viel, er brachte gerade einmal 35 ¾ Kilo auf die Waage und im Grunde verliefen seine Wochen wie bei jedem anderen Kind auch. Außer die Sonntage, die waren bei ihm noch nie gewöhnlich gewesen – bis zum heutigen Tag. Doch bis es dazu kam, sollten noch viele ungewöhnliche Dinge geschehen; eine Aneinanderreihung rätselhafter Ereignissen, wenn du so willst, die unaufhaltsam ihren Lauf nahmen, und hier erzählt werden wollen!

Justin Beaty lebte in einer äußerst gewöhnlichen Stadt, in einer eher durchschnittlichen Straße, sodass man glauben konnte, dieser Ort könnte überall auf der Welt zu finden sein; und das sein Leben im Grunde nicht viel hergab um daraus eine Geschichte zu schreiben.

Denn Justin Beaty wohnte in einem gewöhnlichen Haus, das einen eher durchschnittlichen Komfort bot. Es war nichts Außergewöhnliches – einfach nur sein Zuhause. Und doch schien Justins Leben aufregender zu sein, als wir es uns jetzt vielleicht vorzustellen vermögen.

Denn in seinem Zuhause fühlte er sich wohl. Hier fehlte es ihm an nichts. Jedenfalls von montags bis samstags schien seine Welt in geordneten Bahnen zu laufen, denn die Sonntage waren in Justins Leben schon immer recht außergewöhnlich gewesen.

Während sich seine Mitschüler von den Schultagen der Woche erholen konnten und meist bis in den Mittag hinein schliefen, musste Justin Beaty schon sehr früh aus dem Bett, und das nervte ihn sehr. Das nervte ihn sogar so sehr, dass er anfing, die Sonntage zu hassen. Doch warum begann er die Sonntage zu hassen, wirst du dich jetzt sicher fragen?

Lag es vielleicht daran, dass er auf Drängen seiner Eltern Ministrant hatte werden müssen, weil sich seine Eltern ja so außergewöhnlich gut mit dem Herrn Pfarrer verstanden? Und weil sie wohl glaubten, so stünde ihnen das Tor zum Himmelsreich offen, wenn sie irgendwann einmal das Zeitliche segneten. Doch das war nun wirklich nicht der Grund, warum Justin Beaty die Sonntage zu hassen begann, und so müssen wir uns den Tagesablauf des Jungen einmal aus der Nähe betrachten, um zu begreifen, was das so falsch war an den Sonntagen.

Was tat Justin Beaty so Außergewöhnliches an einem Sonntag, dass er sie allesamt am liebsten aus dem Kalender streichen würde?

Zwischen der ersten Messe an einem Sonntag, der Morgenmesse um Punkt 8 Uhr, und der zweiten Messe, der Mittagsmesse um Punkt 12 Uhr, langen exakt 4 Stunden.

Eine kostbare Zeit, wie es schien, in der auch Justin gern wie all die anderen Jungs in seinem Bett geblieben wäre, oder sie mit ganz gewöhnlichen Dingen auszufüllen. Doch wie bereits gesagt, Sonntage waren für Justin keine gewöhnlichen Tage. Sie waren außergewöhnlich wie dieser Junge selbst! Und das schmeckte ihm so rein gar nicht.

Wann immer die Morgenmesse zu Ende ging, musste er sich sputen, noch rechtzeitig nachhause zu kommen. Denn dort wartete bereits die nächste zeitraubende Aufgabe auf ihn.

Justins Vater hatte keinen außergewöhnlichen Beruf, nichts Besonderes, das hier hervorstechen würde, was zur Folge hatte, dass sein Vater nur einen durchschnittlichen Lohn nachhause brachte, der so knapp bemessen war, dass Justin nicht einmal ein gewöhnliches Taschengeld erhielt, sondern außergewöhnlich wenig – nämlich nichts!

Das sorgte dafür, dass der Junge die Zeit zwischen den beiden Messen an einem Sonntag damit ausfüllen musste, sich sein eigenes Taschengeld zu verdienen, auch wenn er die Tätigkeit hasste wie die Pest. Und sogar noch mehr, als die des Ministranten in der Kirche.

Wann immer er von der Morgenmesse nachhause kam, wartete bereits ein außergewöhnlich großer Stapel Zeitungen auf ihn, der an ganz gewöhnliche oder eher durchschnittliche Menschen verteilt werden musste. Da konnte Justin Beaty unterwegs nicht trödeln, auch wenn es viele Verlockungen auf seinem Wege durch die Straßen gab. Er war ja schon froh, ein Fahrrad für diese schwere Arbeit zur Verfügung zu haben, dass er sich von seinem eigenen sauerverdienten Taschengeld gekauft hatte. Obwohl es mehr ein Lohn statt ein Taschengeld war.

Schließlich sorgte er jeden Sonntagmorgen dafür, das weit über einhundert Menschen zufrieden an ihren Küchentischen sitzen konnten um das zu lesen, was sich während der Woche in ihrer gewöhnlichen Stadt so ereignet hatte.

Seine Tour führte ihn durch die immer gleichen Straßen, zu den gleichen gewöhnlichen Häusern und Menschen, und noch nie hatte er ein außergewöhnlich hohes Trinkgeld erhalten, obschon er sich redlich Mühe gab, es jedem Einzelnen Recht zu machen. Und oft glaubten die Leser dieser Zeitung, Justin Beaty sei im Stande, an zwei Orten gleichzeitig sein zu können, damit ein jeder seine Zeitung auch pünktlich zum Frühstück auf dem Tisch liegen hatte – also etwa so um 9.

Für gewöhnlich rechtfertigte sich der Junge mit dem immer gleichen Satz:»So außergewöhnlich, wie sie jetzt von mir glauben, dass ich es sei, bin ich gar nicht, dass ich an zwei Orten gleichzeitig sein könnte. Ich bitte zu entschuldigen, dass ich nur ein gewöhnlicher Junge bin, der noch nie etwas Außergewöhnliches hervorgebracht hat!«

So erging es Justin Beaty Woche um Woche, Monat um Monat und Jahr für Jahr; und der ganze Schlammassel hatte damit angefangen, als er seinen Vater, der ja nur gewöhnlich entlohnt wurde, nach einem neuen Fahrrad zu Weihnachten gefragt hatte, und er als einzige Antwort zurückerhielt:

»Einen solch außergewöhnlichen Wunsch kann ich mir bei meinem bescheidenen Lohn nicht leisten. Da musst du schon selber sehen, dass du dir das Geld für ein neues Fahrrad verdienst. Es gibt viele außergewöhnliche Dinge, die selbst ein solch gewöhnlicher Junge wie du tun kann um Geld zu verdienen.«

Und das war die Geburtsstunde gewesen, in der Justin gleich zwei Dinge aufs Auge gedrückt bekam. Zwei zeitraubende Tätigkeiten an den Sonntagmorgenden, an denen für gewöhnlich Jungen wir er noch fest schliefen und bestenfalls von einem schönen Fahrrad träumten.

Und obwohl es für die Tätigkeit des Ministranten nicht einmal einen Cent gab – nur für Bestattungen oder Hochzeiten bekam er ab und an was zugesteckt – wurde sein Vater nicht müde, zu behaupten, dass Gott im Himmel dafür Sorge tragen würde, dass er seinen gerechten Lohn erhielte, wenn für ihn die Zeit gekommen war. Denn Gottes Lohn für seine treue Hingabe wäre etwas so außergewöhnlich Kostbares für einen solch gewöhnlichen Jungen, wie er einer war ... *Doch warum erst sterben müssen um entlohnt zu werden*, fragte sich Justin und hatte ohnehin keine Wahl.

Doch bis dahin war Justin Beaty ja auch noch nicht außergewöhnlich. Das fing erst sehr viel später an ...

Um keine Zeit zu vertrödeln, zählte er die Zeitungen durch, packte sie in einen Leinenbeutel, den er sich trotz des Gewichts über die Schultern schnallte und machte sich wie jeden Sonntagmorgen auf den Weg.

Nun war Justin Beaty aber alles andere als ein Junge, der außergewöhnlich stark war, und so brauchte er gewöhnlich etwas länger für diese Tätigkeit, als es ein anderer Junge in seinem Alter vielleicht geschafft hätte.

Und das war nicht das Einzige, für was Justin länger brauchte, als alle anderen. Oft war er derjenige, der das Nachsehen hatte, wann immer es etwas Außergewöhnliches zu sehen gab. Während die anderen schon dort waren, war er noch unterwegs und strampelte wie verrückt in die Pedalen eines Fahrrads ohne Gangschaltung. Doch für eine solche hatte sein Geld nicht gereicht, und so musste er sich mit einem durchschnittlichen Fahrrad begnügen, dass so rein gar nichts Außergewöhnliches hatte. Nicht einmal einen Gepäckträger oder eine Straßenbeleuchtung (obwohl dies Vorschrift war). Aber das war weniger sein Problem.

Wann immer er Zeitungen austrug oder als Ministrant nahe dem Pfarrer stand und auf göttlichen Beistand hoffte, schliefen gewöhnliche Jungs und sahen nicht, wie sehr er sich mit den Zeitungen oder den außergewöhnlich steilen Straßen abmühte, die er sich stets bis zum Schluss aufsparte.

Gewöhnlich wurde er nie von einem Kunden angesprochen, wenn er die Zeitung im hohen Bogen gegen die Haustüren warf. Es sei denn, er zielte ungenau, und die Zeitung landete im Rhododendronbusch oder in der Regentonne, dann war das Geschrei groß.

An einem außergewöhnlichen Tag geschah es dann aber, dass er angesprochen werden sollte, doch dieser Tag lag noch in weiter Ferne. Zuerst musste er nach seiner Tour nachhause radeln, sich die Hände gründlich waschen, denn die Druckerschwärze färbte seine Hände ganz schwarz am einen Sonntagmorgen ... bis er dann erneut zur Kirche eilte, dass Gewand überzog und wieder ganz nahe beim Pfarrer stand.

Dann, wenn alle Tätigkeiten verrichtet waren, eilte er nachhause zurück, speiste mit seinen Eltern zu Mittag und verlebte dann den Rest des Tages wie jedes gewöhnliche Kind in seinem Alter.

An den Wochentagen zwischen den Sonntagen reihte auch er sich wie jedes andere Kind in die Schlange ein um auf den Bus zu warten, zeigte dann seine Monatskarte vor und lief mit der gleichen Behäbigkeit in Richtung Klassenzimmer, wie all die anderen Jungs auch.

Hier überraschte ihn nichts. Jeder Schultag war so außergewöhnlich *gewöhnlich*, dass er sich oft in Tagträume verlor, in denen er ein außergewöhnlicher Junge war. Das mochten seine Lehrer überhaupt nicht. Aber Justin Beaty mochte auch seine Lehrer nicht, und ganz besonders seinen Sportlehrer nicht, was daran lag, das Justin Sport wohl noch mehr hasste, als alles andere in seinem Leben. Nichts hasste er mehr, als sich zwei Stunden lang verausgaben zu müssen, obschon er doch bei den ersten gewöhnlichen Übungen kläglich versagte. Er schaffte es nicht einmal, sich an einem Seil hochzuziehen, oder über den Bock zu springen. Dabei bemühte er sich redlich, sein Bestes zu geben. Doch das schien nie genug.

Seine Mitschüler lachten ihn für gewöhnlich aus, wenn er wie ein nasser Sack am Seil hing oder mit voller Wucht gegen den Holzbock prallte, statt einfach wie die anderen darüber zuspringen. Und das kränkte ihn oft so sehr, dass er immer öfter daran dachte, wie er es den anderen heimzahlen könnte. Wann immer es möglich war, vermied er, erneut zum Gespött seiner hundsgemeinen Mitschüler zu werden. Sie hatten ja nicht das gleiche Problem wie er. Dazu waren die anderen viel zu gewöhnlich.

Doch er wusste, dass Rache eine Todsünde war, und er sich selbst beim Schmieden von Rachegedanken bereits versündigte. Der Herr Pfarrer behauptete stets, dass Rache sogar eine außergewöhnliche Todsünde sei, die einem eine Freikarte direkt ins Fegefeuer sicherte – in die Hölle, zu all den anderen gewöhnlichen Sündern.

Das fand Justin gar nicht mehr lustig. Denn ein Sünder wollte er nicht sein, und die Hölle wollte er auch nicht zwingend kennenlernen. Es reichte ihm schon, böse Menschen zu kennen, die ihm oft *Böses* taten – oder sich an ihm versündigten. Und von denen gab es eine ganze Menge. Er war dann oft der Unterlegene, der für gewöhnlich die Schläge einsteckte – wenn nicht gar mehr!

Aber nach einer gewöhnlichen Woche im August kam endlich der außergewöhnliche Tag, der Justin Beatys Leben grundlegend verändern sollte. Und wie sehr hatte er sich eine solche Veränderung herbeigesehnt.

Es war wieder ein verhasster Sonntagmorgen, an dem der Junge früher als alle anderen aufstehen musste, da sein Wecker kein Erbarmen mit ihm kannte, und ihn aus den süßesten Träumen riss.

Wie an jedem anderen Sonntag der letzten beiden Jahre auch, machte er sich zuerst für die Morgenmesse fein und lief dann zur Kirche. Allerdings nicht wie die gewöhnlichen Heuchler dieser Stadt. Schließlich war er Ministrant und durfte ganz nahe beim Herrn Pfarrer stehen. Das machte ihn außergewöhnlich, und dieser Tag sollte noch ungewöhnlicher werden, als jeder Tag zuvor in seinem noch so jungen Leben.

Nach der Morgenmesse eilte der Junge so schnell er konnte nachhause um dort die Zeitungen durchzuzählen, sie in seinen Beutel zu packen, den er trotz des Gewichts schulterte und sich auf den Weg machte, die Zeitungen pünktlich auszuliefern.

Es war eine gewöhnliche Tour, bis zu dem Augenblick, da Justin eine Tür entdeckte, die einladend offen stand, obwohl sie für gewöhnlich zu dieser frühen Morgenstunde verschlossen sein sollte. Er legte sein Fahrrad und die schwere Tasche nieder und lief auf die offenstehende Tür zu, die ihm magisch anzuziehen schien.

Das war äußerst außergewöhnlich, denn für gewöhnlich legte er keine Zwischenstopps ein. Die Zeit dafür war einfach viel zu knapp bemessen. Doch das kümmerte Justin in diesem Augenblick nicht, was wiederum sehr außergewöhnlich war, denn für gewöhnlich war Justin Beaty ein verlässlicher Junge.

Was hatte dieses Haus nur an sich, dass es ihn derart in den Bann sog? Er wusste es nicht. Denn bislang war ihm dieses Haus nie besonders aufgefallen, geschweige denn lebten in diesem Haus Menschen, die sich die Zeitung abonnierten. Er wusste nicht einmal, wer genau in diesem heruntergekommenen Haus wohnte, das von außen so wirkte, als hätte hier schon lange keiner mehr einen Fuß über die Schwelle gesetzt. Und doch wollte Justin Gewissheit haben: Er wollte wissen, wer in diesem Haus lebte, und wer ihn da lockte, mit süßen Versprechungen –

»Komm nur herein, mein Junge. Es ist höchste Zeit, dass wir einander vorstellen«, raunte ihm eine Stimme zu.

Justin wurde angst und bange. Sollte er das Haus wirklich betreten, von dem es hieß, dass hier eine waschechte *Hexe* lebte, die des Zauberns mächtig war. Aber das waren doch Märchen, oder nicht? Das erzählten sich die anderen doch nur, weil sie auch nicht so genau wussten, wer hier lebte. *Und Hexen?* Er war 12 und keine 8.

Sein Glaube an derartige Wesen und Geschöpfte hatte sich schon im Alter von 9 Jahren erschöpft, als er jeglicher Illusion beraubt worden war, dass es da Geschöpfe gab, die jenseits ihrer Welt lebten. Und spätestens als er in der unteren Schublade in Vaters Kommode das Santa-Claus-Kostüm gefunden hatte, war es um seine kindliche Phantasie geschehen … doch das ist eine Geschichte, die ein andermal erzählt werden will.

Konzentrieren wir uns lieber auf diesen magischen Augenblick, indem Justin seinen ersten Fuß über die

Schwelle dieses Hauses setzte. Ein so außergewöhnlicher Augenblick, das Justin die Spucke im Halse stecken blieb, und er kaum einen Ton hervorbrachte, als er der Bewohnerin dieses Hauses leibhaftig gegenüberstand.

Malice, so wurde das alte Weib von den meisten nur hinter vorgehaltener Hand genannt. Und im gleichen Atemzug fiel dann oft auch, dass sie dir jeden Wunsch zu erfüllen vermochte. Auch Justin hatte bereits von ihrer *dunklen Gabe* gehört, hatte sich aber tunlichst von ihrem Haus ferngehalten, da ihm der Pfarrer pausenlos mit Sanktionen drohte – dem Höllenfeuer gar, wenn er sich auf die magischen Künste dieses alten Weibs berufe – und nicht weniger als sein Seelenheil in Gefahr brächte.

Doch jetzt gab es ohnehin kein Zurück mehr. Justin hatte längst mehr als nur die Schwelle zum Haus überschritten. Er stand plötzlich mittendrin in ihrer Hexenküche, in der es so viele außergewöhnliche Dinge zu bestaunen gab: Einmachgläser in allen nur erdenklichen Gelb-, Orange- und Rottönen – und wohl nur Malice wusste, was in diesen Gläsern eingelegt war; Gewürze, deren schwere Düfte durch die Küche waberten und es irgendwie herrlich nach Weihnachten roch. Zimt, Muskat, Nelke, Kardamom … *Ein Pfefferkuchenhaus würde bestimmt auch so riechen,* dachte Justin und streckte seine von Druckerschwärze verdreckte Hand der Frau entgegen um nicht unhöflich zu erscheinen. Schließlich hatte er ihr Haus betreten, da gehörte es sich, einander vorzustellen.

»Mein Name ist Justin. Justin Beaty. Ich trage Zeitungen aus. Wollen Sie eine Zeitung kaufen?« Justin sah auf dem Küchentisch, das die alte Frau einem recht außergewöhnlichen Hobby frönte: Sie schnitt Artikel aus den Zeitungen aus um sie zu archivieren. Das machten in dieser Stadt – so rief sich Justin in Erinnerung – nicht viele gewöhnliche Menschen.

Aber Malice war alles andere als ein gewöhnlicher Mensch. Das musste auch Justin einräumen, als er die erste Furcht beiseiteschob, als ihm Malice frischgebackene Ingwerkekse anbot:

»Du bist ja ganz dürr. Nur Haut und Knochen. Ein Wunder, dass du noch nicht vom Fleisch gefallen bist«, sagte Malice, als sie Justin ein Tellerchen auf den Tisch stellte, auf dem sich fünf Kekse befanden. Ohne zu fragen, stellte sie dem Jungen noch ein Glas frischer Milch auf den Tisch; erst dann setzte sie sich selbst auf einen Stuhl und sagte: »Zucker, Sahne, Kakao und Milch. Alles gewöhnliche Zutaten … auf den ersten Blick, nicht wahr? Doch wusstest du, dass Schokolade auch töten kann?«

Justin haderte, ob er den soeben angebissenen Keks zurück auf das Tellerchen legen sollte, doch er wollte nicht unhöflich erscheinen und biss stattdessen ein weiteres Mal in den Keks. Doch auf Malice Frage wusste er sich keine Antwort zu geben und hob nur die Schultern an.

»In einem Monat gibt es einen Kuchenbasar der Kirche. Ich will den süßesten Kuchen aller Zeiten backen«, sagte Malice, und Justin glaubte, sie wollte mitmachen um den ersten Preis zu gewinnen. Doch falsch gedacht!

»*Dieser süßer Tod* wird sie alle umbringen. Einer nach dem anderen. Denn sie können diesem Kuchen einfach nicht wiederstehen. Sie werden ihn essen, obwohl sie wissen, dass sie jedes Stück davon umbringen wird.«

Justin kannte Kuchen, die den Tod in ihrem Namen hatten: *Death by Chocolate* war so ein Kuchen, und er war auch der Lieblingskuchen seiner Eltern, und der des

Herrn Pfarrer … Und wahrscheinlich war er so gut wie der Lieblingskuchen aller hier Wohnenden in dieser gewöhnlichen Stadt.

Doch warum erzählte ihn Malice vor ihrem Plan, am Kuchenwettbewerb teilzunehmen? Lief sie damit nicht Gefahr, ihren teuflischen Plan zu verraten, alle mit einer Überdosis Schokolade vergiften zu wollen? Je länger Justin in diesem Haus war, umso mehr außergewöhnlicher Dinge entdeckte er. So sah er Kochutensilien, die sich in einem gewöhnlichen Haushalt nicht finden ließen, und es gab Zutaten, die die meisten wohl verschmähen würden – Bis er ein Regal in Augenschein nahm, in dem zahlreiche leere Gläser standen; und er sich fragte, was diese Gläser so besonders machte, dass sie Malice sammelte.

Der alten Hexe blieb es nicht verborgen, dass Justin die Gläser im Regal auffielen, und so weihte sie ihn in ein weiteres Geheimnis ein:

»Das sind *Wunschgläser*, musst du wissen. Kostbare Artefakte aus längst vergessener Zeit.«

Justin wurde hellhörig. Ja, das hätte er jetzt am meisten nötig, sich einfach etwas wünschen zu können, das in Erfüllung ging. Doch sollte er der alten Frau wirklich sein Herz ausschütten, das es da etwas in seinem Leben gab, was er nicht länger ertragen konnte? Eines Tages würde er unter dieser Last zusammenbrechen, dass wusste er sehr genau; doch ob er dieser Person vertrauen konnte, vermochte er nicht zu sagen.

Malice gab sich geheimnisvoll. Kaum einer wusste wirklich viel über sie. Alle wussten nur, dass sie in der *Mysteria Lane* wohnte, in der Hausnummer 13. Doch hier zu vermuten, dass einem Unheil wiederführe oder man das Haus sogar lebend nicht mehr verließ, waren doch nur Ammenmärchen, die sich in der Stadt erzählt wurden, um ihre Kinder vor der Versuchung fern zu halten, sie könnten sich hier einen Wunsch erfüllen lassen – von jetzt auf gleich.

»Wunschgläser?«, erwiderte Justin nach reiflicher Überlegung, wie er darauf reagieren sollte. »Wozu sollen die gut sein?«

»Mit ihnen lässt sich jeder Wunsch erfüllen. Doch jeder bekommt nur 3 Wünsche. So ist es nun mal Brauch. Hast du denn einen Wunsch, den du erfüllt haben möchtest?«

Nun, wer hat den nicht in dieser tristen Stadt, dachte Justin und wollte nicht gleich erwidern, dass sein dringlichster Wunsch draußen auf dem Rasen lag. Denn wie wäre es erst, wenn er ein neues Fahrrad hätte? Mit einer Gangschaltung und allem Drum und Dran.

»Einfach so? Ich kann mir einfach wünschen, was ich will, und es erfüllt sich?« Justins Skepsis obsiegte. Denn wenn es so einfach wäre, wieso wünschte sich dann nicht jeder, was er wollte?

»Einfach so!«, sagte Malice und deutete an, dass Justin eines der Wunschgläser aus dem Regal holen sollte.

Justin haderte mich sich. Hier standen gut zwei Dutzend Gläser … pardon! *Wunschgläser!* Und eines war schöner als das andere. Sie ähnelten Bonbonieren. Gläser, die Justin mit seiner frühen Kindheit verband, als er jeden Sonntag nach der Kirche noch in ein Kiosk gerannt war, um die 50 Cent für Süßigkeiten auszugeben, statt sie in die Kollekte zu werfen, wie ihm von seiner Mutter aufgetragen worden war. Schließlich ging es doch darum, sein Konto aufzufüllen, um am Ende seines Lebens nicht als der Gelackmeierte dazustehen; außerdem sollte er etwas für *sein Seelenheil* tun, da seiner Mutter schon damals aufgefallen war, dass der Herr Pfarrer »ein Auge auf den Jungen geworfen« hatte.

Justin streckte sich. Ausgerechnet das unscheinbarste aller *Wunschgläser* hatte es ihm angetan, das ganz oben auf dem Regal stand. Es war staubiger als die anderen. Es machte auch nicht so viel her, wie die anderen ... Und doch war es genau das richtige! Justin hatte das *Wunschglas* gefunden, dass wie für ihn gemacht zu sein schien.

Vorsichtig stellte er es auf den Küchentisch. Malice lachte. Dann sagte sie: »Du hast eine exzellente Wahl getroffen. Dieses Glas erfüllt dir jeden Wunsch binnen weniger Augenblicke.«

Malice stand auf und lief zum Küchenfenster. Sie zog eine Jalousie herunter, die den Raum verdunkelte. Nur noch eine einzelne Kerze auf dem Tisch spendete etwas Licht um nicht gänzlich in Dunkelheit zu sitzen. Gespannt wartete Justin auf die Instruktionen – dem Zauberspruch, den er aufsagen müsste. Denn so funktionierte es doch mit dem Wünschen, oder nicht?

Malice kramte in einer Schublade des Küchenbüffets nach Papier und Feder. Dann setzte sie sich zu Justin an den Tisch und sprach mit leiser Stimme:

»Auf dieses Papier musst du deinen Wunsch schreiben. Falte es zweimal der Länge nach und dann sehen wir weiter.«

Justin überlegte, was sein größter Wunsch war, da er glaubte, die Gelegenheit käme kein zweites Mal, dass er sich etwas wünschen durfte. Er wollte schon die Feder ansetzen, als er bemerkte, dass sie trocken war und ihm Malice kein Fässchen Tinte auf den Tisch gestellt hatte.

Fragend blickte er zu Malice. Ohne ein Wort zu verlieren, deutete sie an, dass Justin die Federspitze in seine

Fingerkuppe stechen müsse, um mit dieser Feder schreiben zu können.

»Mit Blut besiegelst du deinen Wunsch«, sagte Malice, als Justin die Feder angesetzt hatte, aber noch zögerte. Dann stach Justin mit der Federspitze in seinen linken Zeigefinger. Die Feder saugte sogleich jegliches Blut auf, das aus der kleinen Wunde gequollen kam. Es tat nicht einmal weh. Es kitzelte viel mehr, als würde ihn jemand ganz sanft über den Finger streicheln.

Die Feder glitt über das Papier, ohne das Justin sie führen musste. Vielmehr schien es, als dass die Feder ihn führte. Das Blut reiche für ein einziges Wort:

Mehr Buchstaben hatten sich nicht schreiben lassen mit dem Blutstropfen, den er bereit war, zu opfern. Justin faltete anschließend das Papier zweimal der Länge nach und wunderte sich, warum er das Papier nun in Brand setzen sollte, da ihm Malice die Kerze zuschob und zu verstehen gab:

»Jetzt schickst du deinen Wunsch los. Sobald die Glut verloschen ist, wird sich dein Wunsch erfüllen.«

Malice öffnete das *Wunschglas*.

Justin hielt das Papier über die Kerzenflamme.

Dann wurde es jählings dunkel. Selbst die Kerze auf dem Tisch erlosch. Justin ließ das brennende Papier in das Wunschglas fallen und hoffte ... wünschte ...

Als er die Augen wieder öffnete, stand er vor der Haustür, und im ersten Augenblick schien er ein Déjà-vu zu erleben. Wollte er nicht in dieses Haus gehen um seine letzte Zeitung zu verkaufen? Justin wunderte sich. Irgendetwas Außergewöhnliches war mit ihm geschehen, doch er wusste nicht was.

Er nahm seinen Beutel und das alte Fahrrad auf, die er auf dem Grundstücksrand niedergelegt hatte. Dann fuhr er los ... und noch während er in die Pedalen trat, bemerkte er, dass sich etwas unter seinem Hintern tat. Der Sattel war plötzlich weicher; der Lenker nicht mehr so kalt; und bergauf fuhr er nun schneller als je zuvor.

Buchstäblich unter seinem Hintern hatte sich das alte, rostige Etwas zu einem wunderschönen Fahrrad verwandelt. Ein rotes Fahrrad, das glänzte und ordentlich was her machte. Es hatte eine schön tönende Klingel, die er gleich mehrmals hintereinander drückte; es hatte eine 21-Gang-Schaltung, und war genauso, wie er es sich in seinen kühnsten Träumen immer vorgestellt hatte. *Perfekt!*

Zuhause angekommen, brachte er das Fahrrad in den Keller, denn auf der Straße wollte er es nicht stehen lassen. Außerdem käme er sicher in Erklärungsnot, woher er dieses Fahrrad hatte. Und Justin konnte seinen Eltern doch nicht erzählen, dass ihm der Herr Pfarrer eines gekauft hatte, geschweige denn konnte er preisgeben, was in der *Mysteria Lane* geschehen war.

Denn würde er diesen Zauber verraten, er würde sich sofort in Luft auflösen. Ja, so oder so ähnlich hatte es ihm diese alte Hexe mit auf den Weg gegeben. Keiner durfte wissen, dass er durch *dunkle magische Kräfte* an ein neues Fahrrad gekommen war.

***

Und die Tage vergingen, in denen sie alle über sein ungewöhnliches Fahrrad staunten. Einige seiner Mitschüler hielten es für ein ausländisches Modell oder gar einer Sonderanfertigung ... was es allerdings auch zu einem *Objekt der Begierde* werden ließ. Justin musste stets auf der Hut sein, dass er es gut ankettete, wenn er mal nicht in der Nähe war, um es selbst zu bestaunen. Denn auch er war nach wie vor fassungslos, wie einfach es doch gewesen war, sich bei Malice etwas zu wünschen. Und er fragte sich, warum nicht mehr Menschen zu ihr gingen, um sich einen Wunsch erfüllen zu lassen.

Lag es vielleicht daran, dass Malice ein gewisser Ruf vorauseilte, und dass sie in der Stadt entweder belächelt oder am liebsten zum Teufel gejagt wurde? Justin besuchte Malice jetzt häufiger. Wann immer er in ihrer Nähe war, besuchte er sie oder half ihr im Garten. Und oft machte er einen Umweg, nur um bei Malice sein zu können. Denn bei ihr fühlte er sich wohl – sicher und geborgen.

Zuhause war das nicht mehr so. Seine Eltern stritten oft tagelang über die banalsten Dinge. Oft stand er dann als Zielscheibe dazwischen, da sich sein Vater bei seiner Mutter oft beklagte, was sie ihm da für einen Sohn geschenkt habe: Ein Tunichtgut. Ein Versager.

Worte, derer Justin am liebsten aus seinem Gedächtnis strich, denn sie waren verletzender, als hätten ihm seine Eltern gleich das Fell hinter die Ohren gezogen.

Allmählich ging es auf den außergewöhnlichen Tag zu, von dem schon zu Beginn dieser Geschichte die Rede gewesen war. Denn der Tag, an dem Justin sich sein neues Fahrrad wünschte, war nichts im Vergleich zu dem Tag, der noch kommen sollte.

Malice hatte in den letzten Tagen ganze 7 Rezepte für einen Schokoladenkuchen ausprobiert. Doch sie konnte sich nicht entscheiden, welchem sie den Vorzug geben sollte. Und Justin hatte immer probieren dürfen, bis ihm ganz schlecht war von dem vielen Zucker, der Sahne, dem Kakao, der Milch …

Aber auch andere recht außergewöhnliche Dinge in seinem Leben schlugen ihm gelegentlich auf den Magen. Und er wusste gar nicht, wo er anfangen sollte, als er Malice erzählte:

»Nicht alle Erwachsenen meinen es gut mit mir. Einige würden mich sicher umbringen wollen, da ich Dinge über sie weiß, die nie ans Tageslicht kommen dürfen.«

Malice hörte dem Jungen gespannt zu. Gelegentlich war sie aber derart schockiert von dem, was ihr der Junge erzählte, dass sie keinen Bissen mehr herunterbekam.

Justins Leben schien aus den Fugen zu geraten. Viele hatten ihm großes Leid angetan. Doch der Junge wusste einfach nicht, wie er sich zur Wehr setzen sollte, geschweige denn wie er Personen Einhalt gebieten konnte, sich nicht länger *an ihm zu versündigen*. Er war doch keine Süßigkeit, nach der man(n) sich verzehrte …

Malice Stichwort. Sie stand auf und holte erneut Papier und Feder aus der Schublade. Justin zögerte nicht, sich das *Wunschglas* erneut vom Regal zu holen. Schließlich waren es doch 3 Wünsche, die er frei hatte. Einen hatte er schon verbraucht. Noch standen ihm 2 zur Verfügung, die er dazu einsetzen wollte, seinen Widersachern Einhalt zu gebieten.

»In einer Woche haben wir Vollmond«, sagte Malice, bevor sie Justin Feder und Papier übergab. »Eine außergewöhnliche Planetenkonstellation steht uns ins Haus. In sieben Tagen ist schier alles möglich, was du dir nur vorstellen kannst.«

»Wirklich alles?«

»Wirklich alles!«

Justin stach mit der Federspitze in die Kuppe seines linken Daumens, in der Hoffnung, aus ihm mehr Blut herauszuquetschen, als aus seinem dünnen Zeigefinger. Und das Blut floss nur so in Strömen, als er die Feder an den Blutstropfen hielt. Die Feder saugte sich voll. Es fühlte sich an, als würde sie gar nicht mehr aufhören wollen, seinen *süßen Lebenssaft* zu trinken. Mit dieser Menge an Bluttinte hätte er gewiss einen ganzen Brief aufsetzen können. Doch es wurde nur ein Wunsch. Ein ganz außergewöhnlicher Wunsch, den er jetzt auf den Weg schickte, wo er doch wusste, dass er sich tatsächlich erfüllen würde und es kein Zurück mehr gäbe –

Aber Justin wollte, dass sich dieser Wunsch erfüllte. Mehr noch als der Wunsch, dass er ein neues Fahrrad haben wollte. Und wenn dieser Wunsch keinen Wandel in seinem Leben herbeiführen würde, so blieb ihm ja noch der allerletzte Wunsch übrig, den er sich gut überlegen wollte. Schließlich hätte er dann keine Chance, sich nochmals 3 Wünsche zu verdienen. Er setzte alles auf die eine Karte. Oder wie in seinem Fall, auf das Stück Papier, dass er zweimal der Länge nach faltete.

Malice schob ihm die Kerze zu.

Justin entzündete das Papier.

Ein *magischer Augenblick* setzte ein, in dem alles um ihn herum verschwommen und unscharf wirkte. Malice lachte. Justin schlug die Augen wieder auf, und befand sich erneut vor verschlossener Haustür.

Als er schon zu seinem Fahrrad laufen wollte, bemerkte er, wie sich hinter ihm die Tür öffnete. Er machte nochmals kehrt und fragte Malice:

»Darf ich mir in sieben Tagen dann meinen letzten Wunsch erfüllen?«

»Vielleicht ist es gar nicht notwendig, dass du diesen brauchst. Stattdessen gebe ich dir Hermann mit.«

»Hermann?« Justin dachte an alles. Einen Hund. Ein fetter Kater. Eine Schildkröte, die Malice bei ihm in Pflege geben wollte. Aber ein Kuchenteig?

»Heute bekommst du deinen Hermann. Er fühlt sich in einem hohen, mit einem Tuch abgedeckten Gefäß im Kühlschrank am wohlsten.

Am 1. Tag hat Hermann großen Hunger. Füttere ihn mit einer Tasse Mehl, einer Tasse Milch und ½ Tasse Zucker und rühre ihn gut um!

Vom 2. - 4. Tag wird er einmal täglich umgerührt.

Am 5. Tag ist wieder ›Fütterung‹.

Vom 6. - 9. Tag möchte er wieder kräftig durchgerührt werden.

Der 10. Tag ist dann Hermann-Backtag:

Nimm eine Tasse für den neuen Hermann-Ansatz. Zum Backen nimmst Du den restlichen Hermann. Du solltest nicht zu ›backwütig‹ sein (was aber leider sicher meist der Fall sein wird) denn von dem, was übrig bleibt, musst du an jene etwas weitergeben, denen dein größter Wunsch gilt.«

»Aber ich habe meinen größten Wunsch doch noch gar nicht zu Papier gebracht.«

»Ist das nicht offensichtlich, was du dir ganz tief in deinem Herzen wünschst?« Malice tippte mit ihrem knochigen Zeigefinger auf Justins Brustkorb. »Wünsche müssen nicht ausgesprochen werden, dass sie sich erfüllen.«

»Na schön!« Justin packte die Tasse mit dem unscheinbaren Teigansatz in seine Tasche. Er machte nicht den Eindruck, als ob er etwas Besonderes sei.

»Hermann ist für viele Menschen nicht nur ein besonderer Teig sondern schon beinahe ein Familienmitglied: Hermannkuchen sitzt jeden Sonntag mit am (besser auf dem) Tisch. Man füttert und rührt liebevoll den Hermannteig und gibt ihn von Generation zu Generation weiter.«

Justin fragte sich just in diesem Augenblick, wie alt dieser Teigklumpen wohl war, und durch wie viele Hände er schon gegangen war.

»Hermann ist einfach ein Universalgenie. Er sorgt für leckeren Kuchen, man kann mit ihm aber auch super lockeres Hermann-Brot backen.«

Justin wollte es auf einen Versuch angekommen lassen. Viel kostete es ihn ja nicht. Und die einfachen Regeln zur Aufzucht seines Hermanns würde er befolgen.

Noch an diesem Tag fütterte Justin *seinen Hermann* mit einer Tasse Mehl, einer Tasse Milch und ½ Tasse Zucker, dann rührte er gut um!

Und er hätte es wissen müssen, das ein Kuchen aus *Malice Hexenhaus* nicht nur ein gewöhnlicher Kuchen war, sondern etwas ganz spezielles. Magisch eben! Ein Zauber, der in den nächsten Tagen heranwachsen sollte.

Vom 2. - 4. Tag rührte er ihn einmal täglich um.

Am 5. Tag war wieder »Fütterung«.

Vom 6. - 9. Tag rührte er ihn wieder kräftig durch.

Dann kam der 10. Tag. Hermanns Backtag:

Justin rief sich in Erinnerung, dass er nicht den ganzen Teig zu einem Kuchen ausbacken sollte, und so nahm er eine Tasse für den neuen Hermann-Ansatz.

Malice Worte klangen ihm im Ohr:» ... denn von dem, was übrig bleibt, musst du an jene etwas weitergeben, denen dein größter Wunsch gilt.«

Und Justin hätte nur zu gern gleich ein gutes Dutzend Ableger verteilt, denn die letzten Tage waren äußerst aufregend für ihn verlaufen: Während er sich jeden Tag um seinen Hermann kümmerte, geschahen gar schreckliche Dinge um ihn herum.

Am ersten Tag hatten seine Eltern einen heftigen Streit. Und seit diesem Zeitpunkt herrschte dicke Luft zuhause. Am fünften Tag war ihm das neue Fahrrad geklaut worden, und obwohl er wusste, wer es jetzt in seiner Garage hatte, unternahm weder sein Vater noch der Herr Pfarrer, dem er sich anvertraut hatte, nichts um es wiederzubekommen. Eine tränenreiche Nacht folgte diesem Tag ... und einige Tränen fielen auf Hermann, als ihn Justin fütterte.

Am siebten Tag wurde er von einer Meute Mitschüler über den ganzen Nachhauseweg hinweg regelrecht gejagt, weil er plötzlich so sonderbar war – so außergewöhnlich. Niemandem wollte er verraten, wohin es ihm zog an den Nachmittagen, an denen er zumeist an Malice Küchentisch hockte und sich die schwere Last von den Schultern packte. Malice hörte aufmerksam zu. Sie hatte dem Jungen das richtige Werkzeug in die Hand gelegt um dem ein Ende zu bereiten.

»Lieber ein Ende mit Schrecken, als ein Schrecken ohne Ende«, hatte sie Justin immerzu gesagt, wenn er mit sich haderte, ob er denn das richtige tat.

Doch es gab ja auch einen Tag, auf dem sich Justin freuen konnte, und das war der zehnte Tag, nachdem er Hermann mit nachhause genommen hatte.

Der Teig war nun ein Dutzend Mal größer, als das Stück, das er bekommen hatte. Er war herrlich aufgegangen und würde sicher einen lockeren und luftigen Kuchen hergeben. Obwohl Justin seiner Mutter bislang immer nur zugesehen hatte, wie sie einen Kuchen in den Ofen schob, wollte er sich an diesem Tag nicht von ihr helfen lassen.

Nein, Hermann auszubacken würde allein seine Aufgabe sein. Er gab einen Ableger in die Tasse, so wie ihm aufgetragen war, schob dann die Kastenbackform in den Ofen und stellte die Eieruhr.

Eine Stunde blieb ihm nun, seinen Verpflichtungen nachzukommen. Zuerst rannte er zur Kirche, um pünktlich zur Morgenmesse dem Herrn Pfarrer beiseite zustehen, wenn er seine Andacht hielt.

Viele Besucher lockte es heute in die Kirche, standen doch schon die Kuchen bereit, auf die sich alle freuten. Mit dem Erlös der Kuchen wollte der Herr Pfarrer eine neue Jugendgruppe ins Leben rufen ... Eine, bei der Justin gewiss nicht freiwillig mitmachen würde!

Nach der Messe blieb ihm jedoch kaum Zeit, sich den Kuchenbasar anzuschauen, denn er musste ja noch Zeitungen austragen. Er ließ dem Herrn Pfarrer jedoch ein kleines Geschenk in der Sakristei zurück. Und ohne Fahrrad würde das Stunden dauern. Rasch eilte er nachhause.

Gerade als er zur Tür hereinkam, fielen ihm zwei Dinge auf: das gesamte Haus war von einem herrlich süßen Duft durchgezogen. Überall roch es nach dem Kuchen, den er gebacken hatte. Und zu seiner großen Verwunde-

rung verstanden sich seine Eltern wieder; turtelten gar, als seien sie frisch verliebt. *So weit, so gut!*
Sein Wunsch schien sich allmählich in Wohlgefallen aufzulösen. Wenn doch nur nicht diese bösen Menschen auf ihn warten würden, die alle zur gleichen Zeit die Zeitung gestellt haben wollten. *Ein Ding der Unmöglichkeit!*
Justin gab sein bestes. Er eilte von Haus zu Haus, ohne sich lange an einer Tür aufzuhalten. Schließlich kam er am Ende seiner langen Tour auch an Malice Haus vorbei. Eigentlich wollte er sich kurz zu ihr in die Küche setzen, um ihren Geschichten oder Weisheiten zu lauschen, doch an der Haustür hing ein Zettel:

BIN BEIM KUCHENBASAR!
WARTE NICHT AUF MICH!

Justin war froh und traurig zugleich. Wie gern hätte er ihr davon erzählt, dass sich seine Eltern nicht mehr in den Haaren lagen, sondern wieder miteinander sprachen und kuschelten. Doch er wollte sich auch unters Volk mischen, um zu sehen, wie sein *Glückskuchen* bei den Besuchern des Kuchenbasars ankam. Als er zuhause jedoch feststellen musste, dass sich seine Mutter kurzerhand an seinem Kuchen bedient hatte, war er außer sich vor Zorn.

»Ich habe ihm nicht wiederstehen können. Er roch so lecker und verführerisch«, sagte sie zu ihrer Verteidigung.

Justin nahm den angeschnittenen Kuchen dennoch mit zum Kuchenbasar. Dort würde es niemanden auffallen, dass bereits ein großes Stück fehlte.

Vor der Kirche war die Hölle los. Die halbe Stadt schien auf den Beinen zu sein. Alle lachten und tuschelten, tauschten vermeintliche Geheimrezepte aus, wie man einen Kuchen besonders luftig hinbekam, oder hatten ihren Mund so voll, dass es recht unappetitlich war, mit ihnen ins Gespräch zu kommen, da einem pausenlos Krümel entgegenflogen –

Justin stellte seinen Kuchen zu all den anderen Kuchen. Anfangs dachte er noch, dass er gar nicht weiter beachtet würde, schließlich schien er doch nur ein gewöhnlicher Kuchen zu sein, den ein gewöhnlicher Junge gebacken hatte. Doch mit der Zeit sprach es sich wie ein Lauffeuer herum, dass man unbedingt diesen Kuchen probieren müsse. Justin setzte sich etwas Abseits auf die Bordsteinkante und betrachtete das bunte Treiben aus einiger Distanz.

Oft wanderten seine Blicke über den Kirchenplatz, doch von Malice keine Spur. Doch ihren Kuchen hatte er bereits gesehen. Er stand an prominenter Stelle und würde wohl das Rennen um den besten *Kuchen des Tages* machen. Die Leute schienen hin- und hergerissen, welchem Kuchen sie nun ihre Stimme geben sollten. Justin rechnete nicht damit, einen Preis zu holen. Und doch wurde er reich belohnt.

Denn nach einer Weile ereignete sich ein Schauspiel für das sich das lange Warten auf der Bordsteinkante gelohnt hatte. Zuerst waren es nur die feineren Damen, die sich jählings übergaben. Sie kotzen sich regelrecht ihre Seelen aus den Leibern. Justin feixte. Das war genau das, was er erreichen wollte. Jene Damen, die im sonntags nicht einmal ein Lächeln schenkten, wenn er ihnen die Zeitung bis zur Haustür brachte, oder wenn er mit dem Klingelbeutel durch die Reihen lief.

Und schließlich traf es auch den Herrn Pfarrer mit voller Wucht, der sich gar nicht erklären konnte, was in ihn gefahren war, dass er so sehr die Beherrschung verlor: Denn statt sich wie die anderen gegenseitig vollzukotzen, fing der plötzlich an, die Wahrheit und nichts als die reine Wahrheit kundzutun. Diese Wahrheit war so erschreckend und schauerlich, dass einige Mütter ihren Kindern sogar die Ohren zuhielten:

»Ich bin ein Päderast! Ja, das bin ich! Jeder meiner Ministranten hat mir schon mal einen gelutscht!«

Viele glaubten ihren Ohren nicht zu trauen. Sie schoben es auf den billigen Messwein, den der Herr Pfarrer gern auch außerhalb von Messen trank. Aber sich selbst zu bezichtigen, ein Kinderschänder zu sein, dass würde doch kein normaler Mensch tun. Und so wisch dem anfänglichen Schockzustand eine aufgesetzte Heiterkeit.

Obwohl es viele schon über Jahre hinweg geahnt hatten, was der Herr Pfarrer in der Sakristei mit seinen Schützlingen tat, wollte es niemand zur Sprache bringen. Auch jetzt noch, als er es laut krakelte, wollten es die meisten einfach nicht hören, und erklärten sich seinen Ausfall mit der Trunkenheit ...

Die Stimmung hatte das keineswegs getrübt. War es doch längst ein offenes Geheimnis, über das man jedoch besser schwieg. Und ein Höhepunkt jagte den nächsten Höhepunkt.

Kaum waren die Damen leergekotzt – sie kotzen inzwischen grüne Galle – wurde auch schon der beste Kuchen des Tages gekürt. Zwar hätte Justin dies als eine weitere Niederlage verbuchen können, denn er hatte nicht einmal einen der ersten drei Plätze ergattert, doch er war mehr als zufrieden mit diesem außergewöhnlichen

Tag, dem nun wieder unzählige gewöhnliche Tage folgen sollten.

Zehn an der Zahl.

Es war keineswegs selten, dass der Herr Pfarrer ein echtes Brot oder einen Kuchen in der Messe brach um jeden ein Stück davon abzugeben, wenn eine Trauerfeier anstand. An diesem Mittwoch wurden gleich mehrere Personen zu Grabe getragen, die an einem »unerklärlichen Tod« verstorben waren.

Dem einen war ein Stück Kuchen im Halse stecken geblieben, ein anderer hatte wohl so viel Kuchen in sich hineingestopft, dass ihm kurzerhand der Bauch explodierte – so zumindest der Bericht der Augenzeugen, die diesen Anblick wohl nie vergessen werden können.

Insgesamt standen 7 Särge aufgebahrt vor dem Altar, und Justin rechnete sich ein fettes »Kopfgeld« aus, dass er von den Angehörigen zugesteckt bekäme … als er den Kuchen in Augenschein nahm, den der Herr Pfarrer gerade segnete und ihn dann in kleine Stücke teilte.

Justin wurde angst und bange. Um jeden Preis musste er verhindern, dass auch er etwas davon in den Mund geschoben bekam. Er nahm den Korb auf und lief von Sitzreihe zu Sitzreihe. Jeder nahm sich ein Stück aus dem Korb. Als Justin zurück zum Altar lief, stellte er fest, dass in seinem Korb noch drei Stücke lagen. Um jeden Preis musste er verhindern, dass er gezwungen wurde, die Eucharistie zu empfangen.

Kurz vor dem Altar stolperte er. Der Korb fiel zu Boden, und die Kuchenstücke rollten noch meterweit.

»Du dummer Junge! Kannst du nicht besser achtgeben, wohin du trittst.«

Doch das war noch gar nichts. Kurz darauf brach ein Tohuwabohu aus, das Justin in seinem Leben noch nie erlebt hatte. Jeder beschimpfte oder beschuldigte den jeweils anderen einer schrecklichen Tat, einer Lüge oder einem Verrat. Und es schien, als würden plötzlich alle nur noch die Wahrheit sagen können; und das, was sich in den letzten Jahren an Lügen angestaut hatte, brach aus ihnen heraus:

»Du hast mit meiner Frau gevögelt!«

»Du gehst mir schon seit Jahren fremd!«

»Du klaust die Scheine aus dem Klingenbeutel!«

»Du bist ein Schwein!«

Justin, der sich wieder aufgerappelt hatte, genoss das wilde Treiben aus einiger Entfernung, da sich einige anfingen, gar zu prügeln. Und das an einem Tag, an dem doch eigentlich 7 Leichen unter die Erde zu bringen waren.

Jetzt endlich kam die ganze schreckliche Wahrheit ans Licht, die in dieser sonderbaren Stadt nur allzu gern unter den Teppich gekehrt wurde.

Handschellen klickten.

Verhaftungen und Verhöre folgten.

Und Justin verließ diesen Ort glücklich und zufrieden und wollte ihn fortan kein weiteres Mal betreten. Doch bevor er sich seinen gewöhnlichen Hobbys widmen wollte, stand noch ein Besuch bei einer außergewöhnlichen Person an.

Malice stand vor ihrem Haus. Unzählige Kartons und Kisten standen zur Abholung in ihrem Garten bereit.

Justin wunderte sich.

»Mein Werk in dieser Stadt ist vollbracht. Ich muss jetzt weiterziehen, wohin mich die Winde tragen.«

»Dann heißt es wohl, Abschied nehmen. Ich gehe davon aus, dass ich dich nie wieder sehen werde«, sagte Justin und umschlang die alte Frau mit beiden Händen.

Malice wusste zuerst nicht, wie ihr geschah. Doch dann streichelte sie dem Jungen durchs Haar und sagte:

»Hermann hat schon Großes bewirkt in dieser Stadt. Was glaubst du aber, wird wohl erst geschehen, wenn der *Zauber meines Kuchens* zu wirken beginnt?«

Justin hob die Schultern an. Was konnte ein Schokoladenkuchen schon schlimmes ausrichten?

»Ich will jedenfalls nicht länger hier sein, wenn sein Zauber die ganze Stadt verhext. Schließlich habe ich keinen gewöhnlichen Schokoladenkuchen gebacken –

Sondern einen *Death by Chocolate*!«

Hermann, der Kult-Kuchen!

Der Sauerteig Hermann, aus dem sich diverse Kuchen-
und Brotvarianten backen lassen, ging Mitte der 1980er
Jahre in Deutschland um und gewann immer mehr An-
hänger und Fans. Ein regelrechter Hermann-Boom war
ausgebrochen, und so hatte ein jeder einen gärenden Sauerteig im Kühlschrank und produzierte fast Woche für
Woche mehr Kuchen als er essen konnte.

Waren alle Freunde mit Ablegern versorgt (denn nach
traditionellem Brauch wurde er an Freunde weitergegeben), musste, wer nichts verkommen lassen wollte, alle
zehn Tage sogar zwei Kuchen backen. Seine Zusammen-
setzung war jedoch, ebenso wie seine Herkunft, lange
Zeit ein streng gehütetes ein Geheimnis.

Irgendwann starb Hermann dann weiträumig aus – den
meisten wurde der Backzwang einfach zu viel. Viele andere hatten ihren Teig schlicht vergessen zu pflegen und
eingehen lassen, und kannten das Rezept zum Nachan-
satz nicht, wenn sie doch mal wieder den Drang verspür-
ten, einen Herman aufzuziehen. Schließlich ist Hermann
der einzige Kuchenteig, den man buchstäblich beim
Wachsen zusehen kann. Und vor allem die Kinder hatten
immer großen Spaß, ihn zu füttern und zu umsorgen, bis
er dann am 10. Tag reif für den Backofen war.

Wiederbelebung von Hermann

Sauerteig aus Weizenmehl, Hefe und Milch

Entsprechend dem für Brot bekannten klassischen Sauerteig mit Roggenmehl lässt sich auch Hermann auf Weizenmehlbasis leicht selbst ansetzen:

Eine Tasse Weizenmehl und eine Tasse Wasser gut verrühren und die Mischung an einem warmen Ort drei bis vier Tage gären lassen. Da der Teig Blasen wirft und sich schnell vermehrt, muss das Gefäß deutlich größer sein als die Ausgangsmenge. Außerdem darf es wegen der sich entwickelnden Gase nicht luftdicht verschlossen sein. Am besten ist nur eine Abdeckung mit einem Leinen- oder Baumwolltuch.

Nach drei bis vier Tagen einen halben Würfel Frischhefe oder ein halbes Päckchen Trockenhefe hinzufügen. Dann den Teig mit je einer Tasse Milch und Mehl und einer halben Tasse Zucker anreichern und alles gründlich verrühren. Nun muss der Vorteig für fünf Tage im Kühlschrank aufbewahrt und täglich einmal umgerührt werden.

Die Fütterungen bis zum Backtag und zur Weitergabe: Dann folgt die gleiche Prozedur, die ab jetzt zur regelmäßigen Fütterung wird, noch einmal. Je eine Tasse Milch und Mehl und eine halbe Tasse Zucker hinzufügen und den Teig wieder fünf Tage im Kühlschrank aufbewahren und täglich rühren.

Der selbst angesetzte Teig kann nun gebacken werden. Für die Folgezeit beginnt der Turnus immer mit der ersten Fütterung am Tag eins, bis nach der zweiten Fütterung am fünften Tag Herman am zehnten Tag gebacken wird.

Hermann vergrößert sich bis zum Backtag auf eine Menge von etwa drei bis vier Tassen. Eine davon kommt für die nächsten Kuchen zurück in den Kühlschrank, eine wird zusammen mit einer Pflegeanleitung, dem »Hermannbrief«, an Freunde weitergegeben, und aus der restlichen Teigmenge entsteht der Kuchen.

Der Hermannbrief – die Gebrauchsanweisung:

»Heute bekommst du deinen Hermann. Er fühlt sich in einem hohen, mit einem Tuch abgedeckten Gefäß im Kühlschrank am wohlsten.

Am 1. Tag hat Hermann großen Hunger. Füttere ihn mit einer Tasse Mehl, einer Tasse Milch und ½ Tasse Zucker und rühre ihn gut um!

Vom 2. - 4. Tag wird er einmal täglich umgerührt.

Am 5. Tag ist wieder »Fütterung«

Vom 6. - 9. Tag möchte er wieder kräftig durchgerührt werden.

Am 10. Tag ist Hermann-Backtag:

Nimm eine Tasse für den neuen Hermann-Ansatz. Zum Backen nimmst du den restlichen Hermann. Wenn du nicht zu ›backwütig‹ bist (was aber leider sicher meist der Fall sein wird) bleibt noch etwas übrig, was du weitergeben kannst.«

Rezept für traditionellen Hermann-Kuchen

Für den Kuchenklassiker werden 2 Eier, 2 Tassen Mehl, ½ Tasse Zucker, 2 Teelöffel Backpulver, etwas Zimt, 1 Tasse Rosinen, eine Tasse gemahlene Haselnüsse und ½ Tasse Öl zusammen mit dem Hermann zu einem Teig verarbeitet.

Den Teig in eine gefettete und mit Mehl ausgestäubte Form füllen – je nach Geschmack Kasten- oder Gugelhupfform – und bei 180 Grad etwa 45 Minuten backen.

Wer etwas anderes ausprobieren möchte, muss seiner Fantasie allerdings keine Grenzen setzen: aus einem Hermann-Teig lässt sich so gut wie jedes Gebäck von süß bis deftig zaubern. Ob Kokos-Muffins, Kirsch-Marmorkuchen oder pikantes Brot, das auch unter dem Namen »Siegfried« bekannt ist – der Grundteig lässt alle denkbaren Variationen zu.

Die Pflege von Hermann:
keinen Backstress aufkommen lassen, sondern einfrieren!

Die langfristige Pflege – täglich umrühren, alle fünf Tage füttern oder backen – gestaltet sich zwar nicht sehr zeitintensiv, verträgt sich jedoch schlecht mit Urlaubsreisen und wird von manchen daher als einschränkend empfunden. Wer zeitweise keine Lust oder Zeit hat, sich um Hermann zu kümmern, kann ihn ganz leicht durch Einfrieren an der Entwicklung hindern und anschließend jederzeit wieder zum Leben erwecken. Zum Einfrieren eignen sich alle Stadien, vom ersten bis zum 10. Tag, gleichermaßen gut. Am besten sollte der Gefrierbeutel mit dem entsprechenden Tag gekennzeichnet werden; denn nach dem Auftauen setzt der Rhythmus genau an diesem Tag nahtlos wieder ein.

Hermann Rezepte werden mit einem Teil des Hermann-Ansatzes von Familie zu Familie weitergegeben – so wie man es seit Generationen als Zeichen des gegenseitigen Dienens und der Hilfsbereitschaft auch mit dem Kombuchapilz macht. »Gegenseitige Hilfe macht selbst arme Leute reich«, sagt ein chinesisches Sprichwort.

Hermann wird meistens mit einem Blatt Papier, dem »Hermann-Brief« weitergegeben, auf dem folgendes Originalrezept zu lesen ist:

Hermann-Brief (eine weitere Variante)

Hier ist Hermann. An dem Tag, an dem du Hermann bekommst, also am 1. Tag, musst du Hermann füttern mit 1 Tasse Mehl, ½ Tasse Zucker, 1 Tasse Milch (oder Kombucha). Bewahre Hermann in einem hohen, nicht ganz dicht verschlossenen Gefäß im Kühlschrank auf. Hermann muss jeden Tag umgerührt werden, denn Hermann will hoch hinaus. Füttere Deinen Hermann dann am 5. Tag mit der gleichen Menge wie am ersten Tag. Am 10. Tag wird Hermann gebacken.

Am Backtag: Nimm 1 Tasse von Hermann für Dich ab und 1 Tasse für einen Freund oder Freundin, reiche dazu diesen Hermann-Brief weiter.

Gib dann die etwa 2 Tassen verbleibenden Hermann in eine große Schüssel und mische folgende Zutaten darunter: 2 Eier, 2 Teelöffel Backpulver, ½ Tasse Zucker, 2 Tassen Mehl, 1 Teelöffel Zimt, 1 Tasse gemahlene Nüsse,

1 Tasse Rosinen und ½ Tasse Öl. Rühre alles nacheinander unter, bis es gut vermischt ist. Fülle danach den Teig in eine gefettete Form, gib diese in den Backofen und backe Hermann bei 180 Grad etwa 45 Minuten.

Der Vorteig für einen Hermann-Kuchen ist eine Tasse Sauerteig. Du kannst ihn selbst ansetzen, wenn du Hermann nicht von einem anderen Menschen bekommst. Das geht so: Mehl und Wasser (oder Kombucha) zu einem geschmeidigen Teig verarbeiten, zum Gären 3 bis 4 Tage an einen warmen Ort stellen.

Dann einen halben Würfel Hefe hinzufügen. Dazu kommt je: 1 Tasse Mehl und Milch und eine halbe Tasse Zucker. Zu einem großen Gefäß gut verrühren. 5 Tage in den Kühlschrank stellen, bei täglichem Umrühren. Wiederum die gleiche Menge Mehl, Milch und Zucker zugeben. Das Gefäß bedecken und im Kühlschrank nochmals 5 Tage reifen lassen.

Folgende Zutaten beigeben: 2 Eier, je 1 Tasse Zucker, Rosinen, gehackte Nüsse, 2 Tassen Mehl, ½ Teelöffel Zimt, ½ Tasse Öl und 1 Päckchen Backpulver. Alles gut verrühren. Den Teig in eine gefettete, bemehlte Kastenform füllen und bei 180 Grad 45-60 Minuten backen. Nach dem Backen kann noch folgender Guss auf den Kuchen gegeben werden: ½ Tasse Butter, 1/3 Tasse Milch, ¼ Tasse brauner Zucker. 2 Minuten aufkochen und über den Kuchen geben.

Dem Zauber & Geheimnis
von Hermann auf der Spur

Wie schafft es Hermann, wieder und wieder einen schmackhaften Kuchen zu produzieren? Bei Hermann sind, wie auch bei Kombucha, Lebensgemeinschaften (Symbiosen) von Hefen und Bakterien im Spiel. Lebensgemeinschaften von Hefen und Bakterien und Hefen werden von Menschen in aller Welt seit Urzeiten für die Herstellung von gesundheitsfördernden Gärgetränken und Lebensmitteln verwendet und zu ihrem Wohlbefinden eingesetzt.

Der Ansatz für Hermann ist eine Art Sauerteig und enthält Milchsäurebakterien und Hefen. Im Sauerteig werden Hefen (Saccharomyces cerevisae, Saccharomyces minor u.a.), die in erster Linie für die Teiglockerung verantwortlich sind, und eine kompliziert zusammengesetzte Bakterienflora, in der die Milchsäurebildner Lactobacillus plantarum und Lactobacillus brevis dominieren, vermehrt.

Die Hefen ernähren sich von den im Mehl enthaltenen Kohlehydraten. Sie vermehren sich dabei und produzieren nebenbei Stoffwechselprodukte, die in den Teig übergehen. Die Mikroorganismen bauen einen Teil der im Mehl enthaltenen Stärke zu Zucker und Dextrinen ab. Der Zucker wiederum wird durch Gärung in Alkohol und Kohlensäure zerlegt.

Indem man dem Hermann-Teig immer wieder neu Mehl und Wasser zufügt, hält man ihn in ständiger Gärung. Durch den mehrmaligen erneuten Zusatz von Mehl und Wasser und den entsprechenden Lagerungszeiten entwickelt sich ein mikrobiologisch stabiler Sauerteig mit einem pH-Wert von etwa 4,0. Die durch den Zusatz des Hermann-Ansatzes eingeleitete Gärung des Mehlteiges hat zahlreiche positive Auswirkungen: Säurebildung durch die Lactobacillus-Arten.

Die pH-Erniedrigung schafft die Backfähigkeit des Mehles durch Erhöhung der Quellfähigkeit und durch Hemmung des Stärkeabbaus, schützt vor Fremdgärung durch andere Mikroorganismen, hemmt und verzögert im Hermann das Wachstum von Verderbniserregern wie den Schimmelpilzen, fördert das Wachstum der säuretoleranten Hefen.

Teiglockerung durch die Kohlensäureproduktion der Hefen: Die Kohlensäurebildung und damit die Lockerung des Teiges wird hauptsächlich durch die im Mehl vorhandenen Hefen bewirkt. Die gasförmige Kohlensäure versucht, in Form kleiner Bläschen zu entweichen. Durch den gequollenen Kleber des Teiges wird sie aber daran gehindert. Dadurch geht der Teig auf und erhält das gewünschte poröse Gefüge. Die Wirkung wird durch die in der Hitze erfolgende Ausdehnung der Kohlensäurebläschen noch verstärkt.

Bildung von Aroma- und Geschmackskomponenten durch die Milchsäurebakterien und Hefen.

Sind Hermann und Kombucha verwandt?
Bei der Kombucha-Zubereitung finden durch die Mikroorganismen verwandte Vorgänge statt. In der Symbiose der Kombucha-Kultur finden wir ebenfalls Hefearten und säurebildende Bakterien, allerdings anderer Art als im Hermann-Teig. Während der Gärvorgänge laufen sowohl bei Hermann als auch bei Kombucha nebeneinander und

nacheinander komplizierte Stoffwechselvorgänge ab. So spielen sich beim Wachstum der Hefezellen und der Bakterien Assimilationsvorgänge ab, d.h. der Zucker in der Kombucha-Nährflüssigkeit und die Stärke im Hermann-Teig dienen den Mikroorganismen als Nahrung. Daneben finden Dissimilationsprozesse statt. Dissimilation ist der Stoff- und Energiewechselvorgang, bei dem organische Stoffe unter Freisetzung von Energie mehr oder weniger zu anderen Endprodukten abgebaut werden. Das Gleichgewicht zwischen Assimilation und Dissimilation sorgt dafür, dass in der Natur ein ständiger Kreislauf herrscht (»Erhaltungssatz der Energie«).

Näheres über diese komplizierten, faszinierenden Vorgängen siehe in dem Buch Kombucha – Das Teepilzgetränk von Günther W. Frank, Seite 41ff. und 63 ff.

Da im »Hermann« andere Mikroorganismen am Werk sind, bilden sich natürlich andere Stoffwechselprodukte als in dem Kombucha-Getränk, so dass man den gesundheitlichen Wert von Hermann nicht mit dem des Kombuchagetränks gleichsetzen kann. Faszinierende Objekte sind beide allemal. Kombucha bietet zusätzlich einen unschätzbaren Nutzen für unsere Gesundheit. Das wussten schon die Völker des Fernen Ostens und Russlands, die Kombucha als Volksheilmittel gegen Gebrechen aller Art hochschätzten. Die Palette reicht von der harmlosesten Unpässlichkeit bis zu der schwersten Erkrankung.

Death by Chocolate

Die 7 leckersten Rezepte
für »einen süßen Tod!«

Zusammengetragen von
Marlon Baker

Death by Chocolate – Der Klassiker

Zutaten:

300 g   Butter
300 g   Schokolade, Zartbitter
5   Ei(er)
5 EL   Zucker
1 Prise Salz
150 g   Mehl
½ TL   Backpulver
400 g   Sahne, (für Glasur und Creme)
400 g   Kuvertüre, Halbbitter (für Glasur und Creme)
30 g   Butter, (für Glasur)

Zubereitung:

Ofen auf 180 Grad vorheizen, Springform mit Backpapier auslegen, ev. mit Kakaopulver ausstreuen. Butter schmelzen, Schokolade grob hacken, mit der Butter verrühren und bei geringer Hitze zerlassen. Eier, Zucker und Salz schaumig schlagen. Mehl und Backpulver mischen und mit der flüssigen Schokobutter unter die Eiercreme ziehen. Masse in die Springform füllen, glatt streichen, bei 180 Grad ca. 35 Minuten backen, auskühlen lassen.

Für die Creme und Glasur die Sahne bei schwacher Hitze warm werden lassen, Kuvertüre in Stücke teilen und in der Sahne schmelzen lassen. Schokosahne halbieren und in einer Hälfte die Butter schmelzen lassen.

Kuchen und Cremes über Nacht ruhen lassen, Cremes im Kühlschrank.

Kuchen 1 oder 2 Mal durchschneiden, Schokosahne ohne Butter aufschlagen, auf den/die Böden streichen, den übrigen Boden darauf setzen. Die Schokosahne mit der Butter sanft bis zur Streichfähigkeit erwärmen, Kuchen rundherum einstreichen, noch einmal mindestens 2 Stunden kühl stellen.

Arbeitszeit: ca. 1 Stunde
Ruhezeit: ca. 14 Stunden
Schwierigkeitsgrad: normal

Notizen:

Death by Chocolate – Der süße Tod

Zutaten für den Teig:

225 g	Schokolade, zartbitter
140 g	Butter
200 g	Zucker
4	Ei(er)
100 g	Mehl
4 EL	Kakaopulver
2 TL	Backpulver
1 TL	Vanille - Extrakt
50 g	saure Sahne

Zutaten für die Creme:

150 ml	süße Sahne
275 g	Schokolade, zartbitter

Zutaten für die Dekoration:

50 g	Schokolade, weiße, gehobelt oder gehackt
evtl.	Fett für die Form

Zubereitung:

Den Backofen auf 175 Grad vorheizen und eine Springform (Durchmesser 24 cm) mit Backpapier auslegen oder einfetten. Die Schokolade und Butter im Wasserbad langsam schmelzen und beiseite stellen.

In einer kleinen Schüssel Mehl, Kakao und Backpulver mischen. In einer größeren separaten Schüssel Zucker und Eier sehr schaumig schlagen. Dann das Mehl vorsichtig unter die Eiermasse mischen, dann Schokobutter und saure Sahne langsam unterrühren. Den Teig in die Form füllen und etwa 50 bis 60 Minuten backen. Stäbchenprobe nicht vergessen!

In der Zwischenzeit wird die Creme zubereitet. Dazu die Sahne in einem Topf leicht erwärmen und die gehackte Schokolade darin schmelzen lassen. Anschließend abkühlen lassen. Die Füllung wird nicht richtig fest, sondern bleibt cremig-weich.

Den Kuchen auskühlen lassen, dann einmal durchschneiden. Mit 1/3 der Creme füllen und mit dem Rest bestreichen. Mit der weißen Schokolade dekorieren.

Arbeitszeit: ca. 1 Std.
Schwierigkeitsgrad: normal
Brennwert pro Portion: etwa 372 kcal

Notizen:

Death by Chocolate

(die schnelle Variante mit kräftigem Kaffee-Geschmack)

Zutaten:

1	Tortenboden, dunkel
etwas	Kaffee, starker (Espresso)
etwas	Orangenlikör,
	(alternativ auch anderer Fruchtlikör)
1 Glas	Orangenmarmelade (alternativ auch andere)
250 g	Schokolade, mind. 75%ige oder Bitterkuvertüre
500 g	Schlagsahne
evtl.	Schokolade, zum Raspeln

Zubereitung:

Die Schokolade zerkleinern und in der Sahne im Wasserbad unter Rühren vorsichtig schmelzen (nicht kochen lassen!). Glatt rühren und abkühlen lassen und dann im Kühlschrank völlig erkalten lassen. Vor der Zubereitung der Torte die gekühlte Schokoladensahne mit dem Handmixer steif schlagen. Den dunklen Biskuitboden (gekauft oder selbst gebacken) in 3 Schichten teilen.

Die erste Bodenlage mit kaltem Espresso und Orangenlikör beträufeln, dann 3-4 Esslöffel der Orangenmarmelade darauf verstreichen. Anschließend ein Viertel der Schokoladensahne darauf verstreichen. Den zweiten Boden aufsetzen und genauso bestreichen dann den dritten Boden aufsetzen und ebenso bestreichen. Zuletzt auch den Rand der Torte mit dem Rest der Schokoladensahne einstreichen. Die Torte nach Belieben mit bitteren Schokoladenraspeln bestreuen.

Mindestens 2-3 Stunden, besser aber einen ganzen Tag, kalt stellen und durchziehen lassen.

Arbeitszeit: ca. 30 Minuten
Schwierigkeitsgrad: simpel

Notizen:

Death by Chocolate – Pudding

(für 4 Personen)

Zutaten:

200 ml Sahne
300 ml Wasser
1 Prise Salz
3 EL Rohrzucker (Rohrohrzucker)
30 g Speisestärke
10 g Kakaopulver
100 g Schokolade (Zartbitter)

Zubereitung:

Die Sahne und das Wasser mischen und 400 ml davon in einen, mit kaltem Wasser ausgespülten Topf geben. Die restlichen 100 ml der Sahne-Wassermischung mit dem Salz, dem Zucker, der Speisestärke und dem Kakaopulver klümpchenfrei verrühren. Dann in den Topf schütten und unter ständigem Rühren aufkochen, bis die Speisestärke andickt. Von der Herdplatte nehmen.

Die Zartbitterschokolade in kleine Stückchen brechen, im Pudding schmelzen lassen und verrühren.

Tipp 1: Zum Puddingkochen in der Mikrowelle alle Zutaten (bis auf die Zartbitterschokolade) in ein mikrowellengeeignetes, mit kaltem Wasser ausgespültes Gefäß geben und bei 600 Watt 3 x 2 Minuten offen aufkochen – in den »Pausen« stets durchrühren, damit sich die Speisestärke gut verteilt. Dann die Zartbitterschokolade in Stückchen zugeben und unter Rühren schmelzen.

Tipp 2: Man kann auch Vollmilch-, Haselnuss- oder Mokkaschokolade verwenden. Dann jedoch die Zuckermenge anpassen.

Tipp 3: Wenn es ein sturzfähiger Pudding werden soll, die Flüssigkeitsmenge um 50 ml reduzieren.

Arbeitszeit: ca. 10 Minuten
Schwierigkeitsgrad: normal

Notizen:

Death by Chocolate – Tarte

Zutaten für den Boden:

160 g   Dinkelmehl, fein
          (alternativ Weizenmehl, Type 405)
50 g   Rohrzucker, fein gemahlen
          (alternativ Haushaltszucker)
1 Prise Salz
1   Eigelb
1 EL   Kakaopulver, (Backkakao)
100 g   Butter, kalt in Stückchen
          Butter, für die Form
          Erbsen, zum Blindbacken

Zutaten für den Guss:

500 g   Schokolade, zartbitter, herbe Sahne
          oder Vollmilch oder gemischt
400 g   Schlagsahne
1 Pk.   Vanillezucker
n. B.   Schokodekor

Zubereitung:

Für den Tarteboden das Mehl, den Zucker, das Salz, das Eigelb, den Backkakao und die Butter schnell zu einem glatten Teig verkneten und etwa 30 Minuten in Frischhaltefolie eingewickelt oder in einem Gefrierbeutel verpackt kalt stellen.

Eine Springform mit Backpapier auslegen (Papier in den Boden einspannen) und den Rand mit Butter ausfetten.

Den Backofen auf 200 Grad Ober-/Unterhitze vorheizen. Die Form mit dem Teig auslegen und einen etwa 2 cm hohen Rand hochziehen und gut andrücken. Mit einer Gabel mehrmals einstechen. Großzügig Backpapier auf den Teig legen, dicht mit Trockenerbsen befüllen und etwa 15 Minuten backen.

Die Trockenerbsen mit dem Backpapier entfernen, weitere 10 bis 15 Minuten backen. Den Tarteboden in der Form auskühlen lassen.

Die Sahne erhitzen und die Schokolade (evtl. grob hacken) zusammen mit dem Vanillezucker schmelzen. Etwa 30 Minuten abkühlen lassen, dabei immer wieder umrühren. Die Schoko-Sahne in den Tarteboden füllen und mindestens 4 Stunden (am besten über Nacht) kalt stellen.

Tarte aus der Form nehmen und nach Belieben mit Schokodekor verzieren.

Arbeitszeit: ca. 30 Minuten
Ruhezeit: ca. 5 Stunden
Schwierigkeitsgrad: normal

Death by Chocolate – Muffins

Zutaten für den Teig:

125 g	Schokolade, zartbitter
125 g	Schokolade, Vollmilch
2	Ei(er)
125 g	Zucker
1 Bt.	Vanillinzucker
50 g	Kakaopulver
125 g	Mehl
125 g	Butter
125 g	Sahne
	Fett für die Form

Zutaten für die Glasur:

75 g	Schokolade, zartbitter
75 g	Schokolade, Vollmilch
75 g	Sahne

Zubereitung:

Den Backofen auf 200°C Ober-/Unterhitze vorheizen.

Teig: Die Zartbitterschokolade mit der Butter in einem Wasserbad schmelzen und etwas abkühlen lassen. Die Eier mit dem Zucker und dem Vanillinzucker schaumig schlagen bis eine cremige Masse entsteht. Das Mehl und das Kakaopulver vermischen und abwechselnd mit der Sahne in die Ei-Zucker-Masse rühren. Die Schokoladenbutter unterrühren. Die Vollmilchschokolade hacken und unter den Teig heben. Die Muffinformen fetten und den Teig hinein füllen. Der Teig reicht für 10 Stück.

Bei 200°C 15 Minuten lang backen. In der Form ca. 30-45 Minuten auskühlen lassen.

Glasur: Die Schokolade zusammen in einem Wasserbad schmelzen und dann abkühlen lassen, bis die Schokolade wieder anfängt fester zu werden. Nun unter ständigem Rühren sehr langsam die Sahne hinzugeben und die Glasur auf den Muffins verteilen.

Arbeitszeit: ca. 25 Minuten
Koch-/Backzeit: ca. 15 Minuten
Ruhezeit: ca. 45 Minuten
Schwierigkeitsgrad: normal

Notizen:

Death by Chocolate – Brownies

Zutaten für den Teig:

225 g   dunkle Schokolade
140 g   Butter
200 g   Zucker
4   Eier
100 g   Mehl
4 EL   Kakaopulver
2 TL   Backpulver
1 TL   Vanilleextract
50 g   saure Sahne

Zutaten für das Frosting:

150 ml Sahne
275 g   gehackte Zartbitterschokolade
Zum Garnieren: 50 g gehackte weiße Schokolade

Zubereitung:

Backofen auf 175 Grad vorheizen, Springform von 22 - 24 cm Durchmesser am Boden mit Backpapier auslegen, Rand fetten. Schokolade und Butter bei milder Hitze in einem Topf schmelzen. Zucker und Eier sehr schaumig schlagen. Mehl, Kakao und Backpulver mischen. Erst Mehl vorsichtig unter die Eiermasse mischen, dann Schokobutter und saure Sahne. Teig in die Form füllen und etwa 50 bis 60 Minuten backen. Abgekühlten Teig aus der Form nehmen und einmal durchschneiden.

Für das Frosting die Sahne in einem Topf sanft erhitzen, die feingehackte Schokolade dazugeben und unter Rühren schmelzen lassen. Kuchen mit dem Frosting füllen und bestreichen.

Dieser Kuchen lässt sich auch auf einem kleineren Kuchenblech 30 mal 40 cm) backen und ähnelt Brownies: Sehr feucht und kompakt, auch die Füllung wird nicht richtig fest, sondern soll cremig-weich sein. Dieser Kuchen wird als Dessert mit einer Kugel Eis oder etwas warmer Dessertsauce (Schoko, Butterscotch, Karamell) serviert.

Notizen:

TRAVELOG NEW ZEALAND – MARLON BAKER AUF GROSSER LESEREISE

Begleite Marlon Baker auf seiner nächsten Lesereise quer durch Neuseeland. Insgesamt 14 Stationen sind geplant: Die Reise beginnt in Christchruch, führt dann hinauf nach New Plymouth, Auckland (2 Tage Aufenthalt), Hamilton, Rotorua (2 Tage Aufenthalt), Gisborne, Napier, Hastings, Palmerston North, Lower Hutt, Wellington (2 Tage Aufenthalt), Nelson, Kaikoura, Christchurch (Ende der Rundreise).

Gesamtdauer der Lesereise TRAVELOG: 3 Wochen
Kosten pro Person € 2.500
(inkl. aller Flüge & Übernachtungen)

Termin: 04.Februar - 25.Februar 2012
(längerer Aufenthalt möglich)

Oder gewinne eine Reise für 2 Personen und besuche Marlon Baker in seiner Mysteria Lane in Christchurch, NZ und begleite ihn auf seiner Lesereise TRAVELOG 2012 quer durch Neuseeland.

Dafür ›Baker‹ an 66966 senden.
Der Einsendeschluss ist der 31.01.2012

Alle Netze, max. 0.49 €/SMS
(Vodafone-Anteil 0,12 € pro SMS /zzgl. T-Mobile Transportdienstleistung)!

Jetzt wünsche ich all meinen Lesern viel Glück und drücke die Daumen. www.MarlonBaker.com